Annette Köhler

Oma, kann ich Dich heiraten?

Annette Köhler

Oma, kann ich Dich heiraten?

LILIOM Verlag

Impressum

Annette Köhler: Oma, kann ich Dich heiraten?

Roland Heinemann: Umschlagbild und Fotos S. 39, 41, 57, 59, 73
Übrige Fotos: Eugen Köhler

Gestaltung: Wolfgang Wallner

ISBN 978-3-934785-97-7

Inhalt

Hat der Mann kein Geld?

Die Oma und der vierjährige Johann sind in der Stadt unterwegs. Ein schöner Tag, die Sonne scheint, die Stimmung ist vertraulich und man plaudert über dies und das.

An einem öffentlichen Gebäude, einer Schule, sind mehrere Papierkörbe aufgestellt, die von Abfall beinahe überquellen. Ein jüngerer Mann mit halblangen, verfilzten Haaren, in einem fleckigen, fadenscheinigen Trainingsanzug, wühlt in einem der Papierkörbe und dreht das Unterste zuoberst.

Das Kind wird aufmerksam, bleibt stehen, deutet fasziniert auf den Mann und fragt: „Du Oma, was macht der Mann da?"

Die Oma erklärt, dass der Mann vermutlich nach leeren Pfandflaschen sucht oder nach weggeworfenen Butterbroten. Sie zieht das Kind an der Hand sanft weiter.

„Du Oma, darf das jeder tun?"

„Ja schon", ist die Antwort, „aber nicht jeder würde das machen. Dein Papa zum Beispiel würde das eher nicht tun."

„Und warum nicht, Oma?"

„Na, weil dein Papa zum Glück genug Geld verdient, dass er euch allen etwas zu essen kaufen kann."

„Hat der Mann kein Geld, Oma?“

„Vermutlich nicht, mein Schatz.“

„Hat der Mann denn keine Arbeit, Oma, damit er welches verdient?“

„Das nehme ich an.“

„Hat der auch gar nichts anzuziehen, Oma?“

„Wie kommst du darauf?“

„Na, der hat so einen ollen Trainingsanzug an.“

„Ja, das stimmt, das hast du genau beobachtet.“

„Du Oma, hat der Mann gar keinen Schrank mit sauberen T-Shirts drin?“

„Viele werden’s nicht sein.“

„Oma, wo wohnt der Mann?“

„Ich hab keine Ahnung, Kind. Vielleicht hat er irgendwo ein Zimmer, in dem er wohnt.“

„Keine Wohnung, Oma? Hat der kein Badezimmer? Kann der sich nicht waschen?“

„Das weiß ich wirklich nicht. Ich kenne den Mann ja gar nicht.“

Das Kind spricht wie zu sich selbst:

„Und eine Küche hat der wohl auch nicht. Sonst könnte er sich ja was kochen.“

„Da hast du wahrscheinlich Recht.“

Johann denkt nach. Still geht er Hand in Hand mit der Oma weiter. Sie sind inzwischen schon weit entfernt vom Ort des Geschehens.

„Macht dem Mann das Spaß, so in dem Papierkorb zu suchen, Oma?“

„Nein, das glaube ich eher nicht. Es ist ja auch viel ekliges Zeug in so einem Papierkorb. Wie zum Beispiel schmutzige Taschentücher und so.“

„Und warum macht er das dann, Oma?“

„Na, vielleicht hat er Hunger. Wenn er leere Pfandflaschen findet, kann er sie eintauschen und bekommt Geld dafür. Und davon kauft er sich was zu essen.“

Das Kind ist eine Weile ganz nachdenklich. Sein Schritt wird immer langsamer. Dann bleibt es abrupt stehen, wendet sich der Oma zu und strahlt:

„Du Oma, weißt du …?“

„Ja, mein Schatz?“

„Wenn ich groß bin, dann geh ich in die Arbeit und verdiene ganz viel Geld. Und dann kaufe ich was zu essen und das stell ich für den Mann in den Papierkorb!“

Wortlos nimmt die Oma ihren Johann ganz fest in den Arm.

Zukunftsplanung

Der kleine Johann ist drei Jahre alt und mal wieder bei der Oma zu Besuch. Beim Spielen, Kuscheln, Singen und Erzählen ergeben sich zärtliche, innige Momente.

Einen von diesen ergreift das Kind beim Schopf und fragt unvermittelt:

„Oma, kann ich dich heiraten?"

Die Oma ist gerührt und muss sich zugleich das Lachen verbeißen.

„Aber mein Schatz, ich bin doch schon verheiratet!"

Das Kind schaut sie entgeistert an, der kleine Mund bleibt offen stehen, die Augen weit und rund und vorwurfsvoll. Es stemmt die kleinen Hände in die Hüften, macht sich ganz groß. Die Knie durchgedrückt, Empörung in Blick und Körperhaltung, laut, vorwurfsvoll, und es will wissen:

„Mit ... wem ...?"

„Na, mit dem Opa", antwortet die Oma ganz kleinlaut.

Das Kind schrumpft sichtbar in sich zusammen, wird wieder klein und machtlos und ein wenig verzagt. Ja, mit dem Opa kann man nicht gut konkurrieren. Der ist stark und der kann alles: hämmern, sägen, Hütten bauen, basteln und ganz toll malen. Was soll man dagegen ausrichten?

Nach einigem Nachdenken hellt sich das kleine Gesicht plötzlich auf. Das Kind hat eine Idee:

„Oma, kann man denn nicht zwei Männer haben?"

Als dieses Ansinnen auch noch abschlägig beschieden

wird, ist noch mehr Nachdenken angesagt. Schließlich kommt die Lösung:

„Na gut, dann heirate ich eben die Sofie!“

Eine ausgezeichnete Lösung! Die Sofie ist die Enkelin von Omas und Opas Freunden, ein sehr nettes Mädchen. Sie ist allerdings drei Jahre älter als der Junge. Das scheint aber kein Hinderungsgrund zu sein. Die Kinder mögen sich, treffen sich immer wieder, wenn der Johann zu Besuch ist. Sie spielen miteinander und die Sofie lässt sich ganz auf den Jüngeren ein. Sie geht mit zum Wandern, zum Klettern in den Freizeitpark, zum Halloween in gruseliger Verkleidung.

Der Johann hat feste Vorstellungen davon, wie das sein wird, wenn er erst mit der Sofie verheiratet ist: Man wird im Haus von Sofies Großeltern wohnen, weil es da im Garten so einen prima Hühnerstall mit kleinen Küken gibt und weil man von dort die Berge so schön sieht.

Oder … man könnte ein Wohnmobil haben, so ein ganz großes. Dann bräuchte man kein Haus und könnte immer damit auch in Urlaub fahren. Aber wenn man nicht in Urlaub ist, dann muss es auf dem Parkplatz bei Sofies Großeltern am Haus stehen. Da ist es einfach besonders schön!

Nach ein paar Jahren aber kommt die Zeit, da der Altersunterschied sich doch bemerkbar macht. Die Sofie hat Erstkommunion und wird anschließend Ministrantin. Dann kommt der Johann in die Grundschule und die Sofie aus der Grundschule auf eine andere Schule. Fazit: sie hat jetzt gar keine Zeit mehr für ihn. Mittags spät zu Hause, viele Hausaufgaben, sonntags ministrieren, da bleibt keine Zeit mehr für diesen kleinen Jungen, der sich doch so sehr nach ihr sehnt und immer wieder fragt, wann er sie besuchen darf.

Auch in den Ferien klappt es nicht mit einem Treffen. Die Sofie verreist, sie schläft bei Freundinnen, sie nimmt an einer Freizeit teil. Es ist wie verhext! Da wird das Kind ganz traurig und fügt sich in sein unbeugsames Schicksal, indem er aus tiefer Resignation und weise wie ein Alter spricht:

„Ach Oma, mit Sofie und mir … Ich glaub, das wird nix!“

Auch der kleine Luca, Oma Christels Enkel, macht sich Gedanken über die Zukunft. Er mag seine Oma ebenfalls so richtig gern. Aber er ist auch Realist, wenn er sagt:

„Ich würde dich echt heiraten, aber du bist ja schon so alt!“

Ausdrücke

Ausdrücke, das weiß man, darf man nicht sagen. Da kriegt man geschimpft und die Erwachsenen werden ganz aufgeregt. Und sollte der Ausdruck ganz, ganz schlimm sein, geben sie einem auch manchmal eine Strafe dafür, dass man ihn gesagt hat. Da gibt es dann vielleicht keine Gummibärchen oder keine Gute-Nacht-Geschichte. Deshalb muss man es sich gut überlegen, ob man Ausdrücke verwendet, denn wer das tut, ist böse.

Ausdrücke lernt man im Kindergarten und in der Schule, meist von den Größeren. Die sind so ungemein cool und trauen sich, sie ganz laut herauszuschreien, wenn gerade keine Erzieherin oder Lehrerin in der Nähe ist. Aber es wird auch ein großes Geheimnis darum gemacht, und manche Ausdrücke sind so schlimm, dass man sie nur hinter vorgehaltener Hand flüstern kann. Ausdrücke sind böse, aber hat der Papa nicht neulich auch einen gesagt, als er mit dem Hammer den Finger statt den Nagel getroffen hat?

Der Andi hat seinen ersten Kindergartentag hinter sich gebracht und kommt freudestrahlend der Mama entgegen gelaufen. Schön war's im Kindergarten! Da geht er morgen gleich wieder hin! Lustig war's und gebaut hat er und einen

Freund hat er auch schon gefunden, den Anton. So spazieren die beiden in fröhlicher Eintracht dem heimatlichen Haus zu, als der Andi fragt:

„Mama, kennst du ein Schimpfwort mit A…?"

„Ja, schon", erwidert die Mama erstaunt und denkt: Na, was kommt denn jetzt?

„Mama, kennst du auch ein Schimpfwort mit Sch… ?"

„Ja, auch."

Der Andi bleibt stehen und schaut eindringlich seine Mama an.

„Die Erzieherin hat gesagt, die Ausdrücke mit A… und Sch… dürfen wir nicht sagen. Mensch Mama, verrat mir doch mal, wie die heißen! Ich kenne die doch gar nicht!"

Noch mehr Ausdrücke

Gestern ist der Anton zu Besuch gekommen. Noch etwas verschlafen sitzt er am Morgen beim Frühstück mit Oma und Opa. Über Nacht hat es wieder geschneit. Es ist ein schwerer, nasser Schnee, und der Wind weht garstig.

Opa spricht mit der Oma über die Aufgaben des Tages, über das Schneeräumen und die damit verbundenen Unannehmlichkeiten.

„Meinst du, du kannst die Fräse hernehmen?“, fragt die Oma.

„Ich fürchte, mit der Fräse macht das heute keinen Sinn“, entgegnet der Opa. „Der Wind ist zu stark und die Fräse wird mir den ganzen Schnee über den Kopf kippen und mich durch und durch nass machen.“

„Aber von Hand willst du doch wohl nicht den schweren Schnee räumen?“, sorgt sich die Oma. „Dann kriegst du wieder Rückenschmerzen. Nimm lieber die Fräse!“

„Da hast du wohl Recht. Wo gerade mein Rücken wieder schmerzfrei ist. Und der Schnee ist so schwer heute. Nehm ich halt die Fräse.“

Der Opa zieht sich warm an und geht hinaus. Das Kind hat die ganze Zeit still und nachdenklich sein Müsli gegessen und den Erwachsenen zugehört.

Nach einer Weile sagt es vorwurfsvoll zur Oma:

„Oma, da hast du aber ein ganz schlimmes Wort gesagt, und der Opa auch.“

Die Oma schaut verblüfft und kann sich gar nicht erinnern.

„Was meinst du denn, Anton? Welches böse Wort haben wir denn benutzt?"

„Na, *Fräse!*"

Spazierengehen mit Johanna

Meine Spaziergänge mit Johanna werden mir immer unvergesslich bleiben. Zwischen ihrem zweiten und sechsten Lebensjahr sind wir viel in Traunstein und Umgebung unterwegs gewesen. Ich habe mich gefreut über ihre Beobachtungsgabe und ihre klugen Fragen. Ihre logischen Schlussfolgerungen haben mich nicht selten staunen oder schmunzeln lassen.

So sind wir denn eines schönen Sommertages auf dem Weg und wären fast auf einen Regenwurm getreten.

„Vorsicht, ein Regenwurm!“, rufe ich, „den retten wir, damit niemand drauftritt!“

Ich setze den Wurm vom Gehweg in die Wiese und wir beobachten, was er tut. In der nächsten halben Stunde ist Johanna nicht zum Weitergehen zu bewegen. Sie will vieles wissen und spricht später den ganzen Nachmittag von nichts anderem: Was macht der Wurm jetzt? Wo geht er hin? Hat er auch einen Papa und eine Mama, oder einen Bruder? Geht er jetzt vielleicht in sein Zimmer?

Endlich kann Johanna sich losreißen und wir gehen weiter. Da liegt am Boden eine tote Blindschleiche. Johanna hat sie zuerst entdeckt und fragt, was das ist. Als ich es ihr sage, will sie wissen:

„Kannst du die auch retten?“

„Nein, die ist schon tot.“

„Was ist tot?“, fragt Johanna.

„Wenn man nicht mehr lebt, ist man tot“, erkläre ich.

„Und dann?"

„Dann kommt man in den Himmel".

„Und dann?"

„Dann wird man ein Engel, vielleicht sogar ein Schutzengel."

Bei so vielen Fragen komme ich ganz schön ins Schwitzen, deshalb rede ich gleich weiter:

„Diese Schlange, weißt du, die ist nicht schnell genug über die Straße gegangen und hat vorher nicht genug geschaut. Da ist sie von einem Auto überfahren worden."

Mit großen Augen blickt Johanna mich an und nickt ernsthaft. Ich rede weiter:

„Deshalb sag ich dir ja auch immer, wenn wir über die Straße gehen, erst genau schauen – links, rechts, dann schnell rüber."

„Ja", stimmt mir Johanna zu, „wenn wir nicht aufpassen, sind wir auch tot."

„Genau", versuche ich abzuschwächen, „oder wir verletzen uns und müssen ins Krankenhaus."

„Ich will aber nicht ins Krankenhaus", sagt die Kleine mit Inbrunst. „Also müssen wir gut aufpassen!"

Kurz darauf sehen wir zu allem Überfluss auch noch eine tote Maus.

„Hat die auch nicht aufgepasst?", will Johanna wissen. „Und kommt die Maus auch in den Himmel?"

Als ich das bejahe, schaut mich die Kleine mit großem Ernst im Blick an und sagt mit dem Brustton der Überzeugung:

„Gut, dass wir immer aufpassen! Sonst kommen wir nachher noch in den Himmel!“

Ein paar Schritte weiter zeige ich Johanna ein Veilchen und nenne ihr den Namen.

„Nein“, beharrt sie, „das ist eine Blume.“

„Ja, aber diese Blume heißt Veilchen.“

„Und das ist eine Pusteblume“, sagt Johanna stolz und zeigt auf einen Löwenzahn. Sie weiß auch etwas!

„Stimmt, und die Pusteblume heißt Löwenzahn“, erkläre ich.

Sie nimmt diese Information auf und schaut im Gehen weiter auf den Boden und die angrenzende Wiese, die in voller Blüte steht. Da entdeckt sie eine gelbe Blume und fragt:

„Wie heißt denn diese Blume?“

„Das ist ein Hahnenfuß.“

Johanna schaut mich perplex an und zuckt mit den Schultern:

„Ich sehe aber keinen Fuß!“

Komisch, diese Erwachsenen!

Es fängt an zu regnen. Da müssen wir unseren Schirm öffnen. Weil ein leichter Wind weht, fällt es dem Kind schwer den Schirm festzuhalten. Unwirsch sagt sie:

„Blöder Wind!“

„Das ist nun mal die Aufgabe des Windes“, belehre ich voll der Weisheit der Erwachsenen, „der Wind, der kann sonst nichts, nur blasen und wehen.“

Ganz verzweifelt kommt es unter dem kleinen Schirm hervor:

„Aber der blöde Wind will meinen Schirm!"

„Ja, siehst du, das ist jetzt unsere Aufgabe. Wir müssen unseren Schirm festhalten. So hat jeder seine Aufgabe. Die Sonne muss scheinen …"

„Und für was ist der Regen?"

„Na für die Blumen und das Gras, damit sie nicht austrocknen."

„Mir ist die Sonne lieber!", zieht Johanna das Fazit aus diesem Gespräch.

Vom vielen Wind fängt plötzlich Johannas Nase zu laufen an. Ich hole mein sauberes Taschentuch heraus und lasse sie schnäuzen. Beim zweiten Mal gesteht sie:

„Ich habe selbst ein Taschentuch dabei. Schau mal, ein ganz schönes, mit einer Fee drauf." Und nach kurzer Überlegung entscheidet sie: „Aber jetzt nehmen wir deins, sonst ist nachher meine Fee noch voll Rotz."

Praktisch ist sie, meine Johanna!

Als der Regen aufgehört hat, sind wir beim Spielplatz angekommen. Sofort stürmt Johanna zum Sandkasten und schaut, was sie da findet. Aha, ein leerer Eisbecher liegt da herum. Sie füllt Sand hinein und reicht ihn mir.

„Das ist Erdbeereis", sagt sie, „sehr lecker! – Möchtest du auch noch Kaffee?"

Als ich das bejahe, überreicht sie mir einen kleinen braunen Becher mit Sand. Ich imitiere das Eisessen und Kaffeetrinken und zeige mich begeistert vom guten Geschmack. Dann frage ich:

„Kann ich bitte noch ein Eis haben?“

Da antwortet das Kind mit strenger Stimme und gerunzelter Stirn:

„Erst wird der Kaffee ausgetrunken, Oma Herta!“

So kennt sie es von daheim: Wer eins nicht fertig gegessen und getrunken hat, bekommt auch keinen Nachschlag!

Als wir weitergehen, stolpert sie über einen Stein und fällt hin. Das tut weh! Sie muss weinen. Wir schauen nach, ob es blutet. Aber das Knie ist nur ein bisschen gerötet. Da verebbt ihr Schluchzen und sie sagt:

„Der Papa sagt immer: Kein Blut – alles gut!“

Das ist doch eine gute Maxime!

Zum Abschluss des Tages vertraut sie mir an:

„Du, Oma Herta, ich finde dich voll gut!“

Das geht mir zu Herzen. Ich bin total gerührt und antworte:

„Ach Johanna, ich hab' dich auch so lieb!“

Darauf weist sie mich in meine Schranken:

„Ich hab' nicht gesagt, ich hab' dich lieb. – Ich hab' gesagt, ich find' dich voll gut!“

Mit Johanna zu Hause

Johannas Fantasie kennt keine Grenzen: Wir spielen Kirmes, sitzen miteinander im großen Ohrensessel, ich halte sie fest, denn das ist unser Riesenrad. Johanna beschreibt, wie wir ganz nach oben fahren. Da hält das Riesenrad an. Die Gondel schaukelt leise im Wind. Johanna sagt:

„Du musst nach unten schauen. Alles ist ganz klein, siehst du? Da ist ja ein klitzekleiner Hund, schau! Ein Mini-Hund. Kannst du ihn sehen, Oma Herta?“

Als ich das bejahe, wandern ihre Augen nach oben.

„Ich schau jetzt in den Himmel, Oma Herta! Da hinten, die Wolke, die sieht aus wie ein Schaf. Und das daneben ist ein Schmetterling. Ist das nicht schön?“

Nachdem wir uns ausgiebig das Wolkentheater angesehen haben, fährt das Riesenrad wieder nach unten. Johanna freut sich:

„Das war ein schöner Kirmesbesuch!“

Dann möchte sie malen. Das ist eine ihrer Lieblingsbeschäftigungen. Sie kramt ihr neues Malbuch hervor und macht sich eifrig ans Werk. Wenn es knifflig wird, spitzt ihre kleine rosa Zungenspitze zwischen den Lippen hervor. Nach einer Weile komme ich dazu und schaue mir an, was sie gemacht hat: Ein Kind im Malbuch hat ein ganz rotes Gesicht bekommen.

„Hattest du keinen hautfarbenen Stift?“, will ich wissen, „das Gesicht des Kindes ist ja ganz rot!“

„Das Kind hat einen Sonnenbrand!"

Um eine logische Antwort ist meine Johanna nie verlegen!

Nun nehme ich mir auch einen Block und wir malen miteinander. Johanna will immer ausgerechnet den Stift, den ich gerade benutze. Sie nimmt ihn mir ohne zu fragen einfach weg. Das ärgert mich, aber ich greife zu einer List. Immer wieder bitte ich sie betont höflich, mir doch einen bestimmten ihrer Stifte zu geben, und bedanke mich freundlich. Nachdem ich das ungefähr zehn Mal gemacht habe, sagt sie:

„Gut, dass du mich fragst!"

„Ja, das macht man so, wenn man etwas will", antworte ich.

Sie nickt und bekundet ihr Einverständnis. Von da an hat sie mich immer gefragt und nie mehr unerlaubt etwas weggenommen.

Nach einer Weile spielt sie mit ihren Lego-Steinen. Dabei summt sie vor sich hin.

„Was singst du da? Darf ich mitsingen?", frage ich.

„Nein, das ist ein neues Lied. Das ist noch nicht fertig."

Na, dann muss ich wohl noch warten!

Auch zum Thema Naschen gibt es noch etwas zu erzählen. Anfangs hatte ich immer einige Süßigkeiten dabei, wenn ich zu Johanna ging. Dann sagte mir aber ihr Papa, er fände das nicht so gut. Eine Süßigkeit am Nachmittag sei genug. Da musste ich mir etwas überlegen. Ich kam auf die Idee, ihr einen Lutscher mitzubringen. Sie freute sich darüber, denn Lutscher sind ihr Lieblings-Naschwerk. Nachdem sie eine Weile gelutscht hatte, forderte ich sie auf, den Lutscher wieder

in seine Verpackung zu wickeln. Das wollte sie zunächst auf keinen Fall. Ich erklärte ihr jedoch, dass sie später weiterlutschen könne und dann ja den ganzen Nachmittag etwas von dem Lutscher hätte. Er könne ja immer wieder aus- und eingepackt werden bis zum Abend. Damit hätte man der Anordnung des Vaters genüge getan und sie hätte nur eine Süßigkeit bekommen, von der sie aber mehrmals profitieren könne. Sehr nachdenklich und zögerlich willigte sie in diesen Handel ein. Mittlerweile ist es so, dass sie mir den Lutscher freiwillig zurückgibt zum Verpacken, „ … damit ich den ganzen Nachmittag was davon habe."

Im Sommer spielt Johanna eines Tages draußen am Haus mit Wasser. Ausgiebig hat sie bereits die Hauswand angespritzt. Da greife ich ein und sage: „Wasser ist kostbar!" Ich schlage vor, es lieber den Blumen zu geben, denn die brauchen es dringend. Ihr gefällt das neue Wort: kostbar. Sie erkundigt sich:

„Was ist kostbar?"

„Alles, was für uns wertvoll ist."

„Auch die Blumen und die Wiese? Auch du und ich?"

Ich bestätige das. Am Abend berichtet sie ihren Eltern: „Papa und Mama, wusstet ihr schon – wir sind alle kostbar!"

Johanna wird „Große Schwester"

Eines Tages – Johanna ist fast drei Jahre alt – erfahren wir die gute Nachricht: Ihre Mama ist schwanger. Die Kleine freut sich sehr und erzählt stolz, dass sie bald eine „Große Schwester" sein wird. Man sieht ihr förmlich an, wie sie dabei wächst.

„Und meine Mama ist dann eine Mutter, und mein Papa, was ist der?"

„Der ist dann der Vater. Aber die beiden sind auch deine Mutter und dein Vater, und zusammen sind sie eure Eltern."

Aha! Das beschäftigt sie noch tagelang. Bei allen Erwachsenen, die sie trifft, will sie wissen, ob das auch Mütter oder Väter sind.

Im Schwimmbad beobachtet Johanna einmal einen Jungen, der sein kleines Geschäft an einem Baum verrichtet. Ihr fällt auf, dass der Junge da über ein Körperteil verfügt, das sie nicht besitzt. Die Eltern erklären, dass es sich um einen Penis handelt und dass man daran einen Jungen erkennt.

Dann kommt der große Tag: Morgens um halb sieben ruft mich der Vater an und sagt Bescheid, dass die Geburt bevorsteht. Unser Plan für den Fall ist schon seit langem besprochen. Ich hole Johanna um zwölf Uhr vom Kindergarten ab, Nudeln und Tomatensoße stehen bereit für's Mittagessen.

Als wir im Haus der Familie ankommen, merkt Johanna gleich, dass etwas anders ist als sonst. Die Eltern sind nicht da! Ich erkläre, dass beide im Krankenhaus sind, weil heute das Baby kommt. Das nimmt sie kommentarlos zur Kenntnis.

Sie kann sich noch nichts darunter vorstellen.

Aber sie möchte nicht, dass ich in die Küche gehe und dort koche. In ihren Augen steht mir das nicht zu. Ich bin zum Spielen da, und das soll ich gefälligst auch jetzt mit ihr tun. Beharrlich fordert sie meine Aufmerksamkeit. Sie habe auch gar keinen Hunger, sagt sie. Ich lasse sie Salz ins Kochwasser geben und schütte die Nudeln hinein. Da bittet sie mich, ihr auch Nudeln zu geben, die sie dann auf ihrem kleinen Spielherd in ihrem Zimmer „kochen" will. Nadine, ihr Lieblings-Kuschelschaf hat nämlich auch Hunger. Gefragt, getan.

Johanna verschwindet in ihrem Zimmer, während ich mich mit der Tomatensoße beschäftige. Ich bin gerade dabei eine Zwiebel zu schneiden, als Johanna wieder hereinkommt und sofort kategorisch erklärt, sie werde keine Zwiebeln essen. Niemals! Ich beruhige sie und gestehe ihr zu, dass sie das auch nicht muss.

Plötzlich ruft sie:

„Oh nein! Meine Nudeln brennen an!", und rennt aufgeregt in ihr Kinderzimmer.

Als ich frage, ob etwas passiert sei, beschwichtigt sie: „Nein, Glück gehabt!" Dann essen wir in aller Ruhe. Johanna verputzt die Tomatensoße mit Zwiebeln ohne Probleme. Ich bin froh, dass wir zur Normalität gefunden haben.

Dann klingelt das Telefon. Johannas Papa berichtet, dass ein kleiner Junge geboren ist. Er soll Justus heißen. Alles ist gut gegangen. Welch eine Erleichterung!

Ich berichte Johanna, dass sie jetzt einen Bruder hat und wie er heißt. Sie schaut mich sehr ernst und mit großen Augen an.

„Ist es denn ein Junge?“, will sie wissen. Als ich das bestätige, fragt sie:

„Hat er denn auch einen Penis?“

Das kann ich ebenfalls bestätigen. Da lächelt sie, ihre Augen leuchten und sie sagt stolz:

„Jetzt bin ich eine Große Schwester!“

Ein paar Monate später – der kleine Bruder kann noch nicht sprechen – spielt Johanna mit ihrem Kuscheltier Nadine. Das ist jetzt ihr Baby. Sie imitiert das Geschrei eines kleinen Kindes, laut, schrill, entnervend. Das kann man nicht lange ertragen. Johannas Mama sagt streng:

„Hör endlich mit dem Geschrei auf!"

„Das bin nicht ich", antwortet die Tochter, „das ist Nadine, meine Kleine, die kann noch nicht sprechen, wie der Justus."

Ich schlage Johanna vor, dass wir der Nadine und dem Justus das Sprechen beibringen. Mit „Mama" und „Papa" fangen wir an. Wir üben mit den beiden sehr intensiv.

Als ich eine Woche später wiederkomme, erzählt mir die große Schwester:

„Meine Kleine hat vorhin ganz leise Mama zu mir gesagt. Ganz, ganz leise. Nur der Justus kann immer noch nicht Mama sagen."

Als der kleine Bruder dann getauft werden soll, planen wir, uns so richtig fesch anzuziehen. Johanna möchte auch ein Dirndl haben. Aber zuerst will sie meines sehen. So nehme ich sie mit in mein Schlafzimmer, wo mein Dirndl in einer langen Plastikhülle an der Innenseite der Tür hängt. Das Mädchen betrachtet es verwundert und stellt fest: „Oh, aus Plastik!"

In der Kirche dann ist sie mustergültig brav. Als der Pfarrer zum Altar geht, flüstert sie mir zu: „Der sieht heute ganz anders aus. Der hat sich ja verkleidet."

Kindertraum

„Weißt du, Oma", sagt der kleine Anton mit ernsthaftem Gesicht, „wenn ich groß bin, dann will ich mit Johann, meinem Bruder, ein Haus am Weiher haben. Da wohnen dann nur wir beide, ohne Papa und Mama. Eine Frau wollen wir nicht haben und auch keine Kinder. Das gibt immer so viel Streit. Wir haben das schon ganz genau besprochen. Das Haus soll auf Säulen stehen und vom Wohnzimmer aus haben wir über die Terrasse hin ein Sprungbrett. Dann springen wir den ganzen Tag ins Wasser und schwimmen im Weiher." Er lächelt: „Das wird schön!"

Die Oma fühlt sich bemüßigt die Realität nicht aus den Augen zu verlieren über all dem schönen Träumen: „Und wollt ihr auch kochen? Ihr braucht ja was zu essen."

Anton überlegt: „Dafür haben wir dann einen Diener. Der kocht für uns, der wäscht auch unsere schmutzigen Sachen und er räumt auf in unserem Haus."

Das sind schon konkrete Pläne, die die Oma sehr beeindrucken. Aber einen kleinen Haken gibt es noch:

„Wollt ihr denn auch etwas arbeiten? So ein Diener kostet ja Geld, der arbeitet nicht umsonst bei euch."

Verblüfft schaut Anton die Oma an. Diese Tatsache hat er nicht berücksichtigt.

„Hm“, überlegt er eine Weile.

Plötzlich fällt ihm die Lösung ein: „Dann gehen wir einfach zur Sparkasse. Da gibt es Geld. Die Mama macht das auch so. Die geht zur Sparkasse und gibt einen Geldschein ab, und dann kriegt sie ganz viel zurück.“

Er lächelt zufrieden, atmet aus und nickt ein paarmal. „Ja, so machen wir's, Oma! Und du darfst auch mal zu Besuch kommen.“

Ja, wenn das so ist!

Heimweh

Der dreijährige Anton ist schon fünf Tage bei der Oma zu Besuch. Beim Frühstück schaut er versonnen aus dem Fenster, sein kleines Gesicht ist ernst, eine steile Falte zeigt sich auf seiner Stirn. Er, der sonst so pausenlos plappert und plaudert, dass die Oma ihn schon manchmal „Mister Quasselstripp“ nennt, ist heute einsilbig und bemerkenswert still. Er attackiert sein Müsli mit Inbrunst, spricht aber dabei kein einziges Wort.

Das ist ungewöhnlich! Die Oma legt dem Jungen liebevoll eine Hand auf die Schulter. Er reißt sich von seinen Gedanken los und schaut sie kläglich an. Schon laufen ihm die Tränen über das Gesicht und er muss furchtbar schluchzen und seufzen.

„Ja, was ist denn los, mein kleiner Schatz?“, fragt die Oma. „Was hast du denn?“

„Ich vermisse meine Mama so, und meinen Bru-hu-hudie!“, bricht es aus ihm hervor. „Wann kann ich endlich nach Hause?“

„Ach, deshalb ... ! Mach dir keine Sorgen, schon morgen fährst du heim, und dann ist alles wieder gut.“

„Morgen? Wie oft noch schlafen, Oma?“, will der kleine Mann es ganz genau wissen. Man sieht, wie die Hoffnung in ihm aufkeimt.

„Nur noch einmal schlafen! Das ist ja so gut wie gar nichts“, besänftigt ihn die Oma.

Allmählich beruhigt sich das Kind, die Tränen versiegen, er atmet tief durch und die Information scheint sich in seinem aufgewühlten Bewusstsein Platz zu schaffen: Morgen, nur noch einmal schlafen, nach Hause zu Mama und Bruder. Gut!

Doch da, plötzlich entsteht ganz offensichtlich neue Aufregung bei ihm. Verzweiflung im Blick schaut er die Oma an und ruft:

„Das bringt nichts, Oma, das bringt nichts!"

Die Oma ist ratlos. Was hat er denn jetzt?

„Was meinst du denn, mein Kind? Gerade hast du doch gesagt, wie sehr du die Mama vermisst!"

„Ja", stößt Anton verzweifelt hervor, „aber wenn ich dann bei der Mama bin, dann vermisse ich den Opa und dich!"

Zwei Jahre später ist der Junge wieder für eine Woche zu Besuch. Beim Frühstück hat er offenbar immer die weitreichendsten Gedanken. Nach gründlichem Kauen mit Nachdenken stellt er fest:

„Du Oma, weißt du … wenn ich nächstes Jahr in die Schule komme, dann kann ich euch aber nicht mehr so besuchen wie jetzt, so für eine Woche."

„Das stimmt, leider", sagt die Oma wehmütig, denn das gibt ihr auch schon eine Weile zu denken. „Aber das macht nichts. Du bekommst ja alle sechs Wochen Ferien und dann kannst du uns wieder besuchen."

„Ja schon", schlussfolgert der Anton und nickt dabei bekräftigend mit dem Kopf, „aber in der Zwischenzeit seid ihr einsam und verlassen!"

Das stimmt, und wir werden uns alle gehörig umstellen müssen. Auch Omas müssen loslassen lernen!

Bettkantengespräche

Abends ist eine schöne Zeit. Die Kinder kommen zur Ruhe, sie sind schon schläfrig und öffnen noch einmal ganz weit ihr Herz. Da können dann Dinge angesprochen werden, die sonst im Trubel des Alltags untergehen.

Ich bringe den sechsjährigen Anton ins Bett. Die Gute-Nacht-Geschichte ist vorgelesen, das Abendgebet gesprochen, und der kleine Mann dreht sein Gesichtchen schon zur Wand in seine Schlafposition, als ihm noch einfällt:

„Oma, komm noch zu mir. Kuscheln!"

Ich setze mich noch einmal zu ihm hin und kraule ihm den Rücken. Er genießt das eine Weile und fragt dann:

„Oma, – wie kommt das, dass Frauen so einen großen Busen haben und ich gar nicht. Schau doch mal hier!" – und er zeigt mir seine flache „Männerbrust".

Ich erkläre: „Das kommt, weil die Frauen in den Brüsten Milch haben, wenn sie ein Baby bekommen haben. Und das Baby trinkt dann bei der Mama. Das hast du ja früher auch gemacht."

Er denkt eine Weile nach und fragt dann:

„Hast du auch Babies auf die Welt gebracht, Oma?"

„Ja klar, eines davon ist deine Mama. Die ist aber jetzt eine erwachsene Frau. Das andere ist dein Onkel."

„Wie haben deine Babies geheißen, Oma?", kommt es müde aus dem Kopfkissen.

„Gregor und Judith, das weißt du doch."

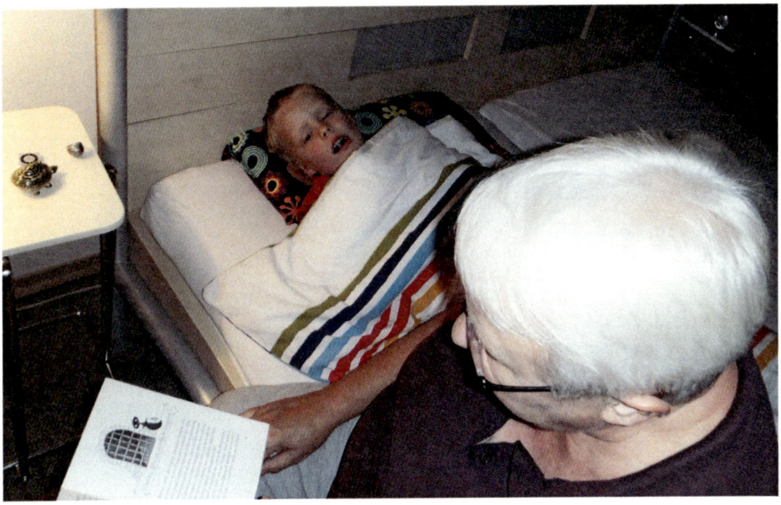

Er überlegt eine Weile und fasst dann seine Gedanken zusammen:

„Also, du hast Gregor und Judith zur Welt gebracht, und der Onkel Gregor hat mit Tante Jimee Hana und Kai zur Welt gebracht, und Papa und Mama haben mich und meinen Bruder Johann zur Welt gebracht. Hmmm – da bin ich ja mal gespannt, wen der Johann und ich dann auf die Welt bringen, wenn wir groß sind, und mit wem?"

Ich erkläre aus vollem Herzen:

„Ja, das würde ich auch gern noch erleben. Das wäre mein Herzenswunsch, dass ich nicht vorher sterben muss."

Da weiß unser Kind sofort eine moderne Lösung für dieses Problem:

„Ich könnte dir ja eine SMS in dein Grab schicken."

Na, dann sind ja alle informiert!

So geht's!

Der kleine Luca, drei Jahre alt, ist bei Oma Christel zum Nachmittags-Besuch. Die beiden lesen ein Buch. Luca mag das. Er schaut sich die Bilder genau an, stellt viele kluge Fragen und rückt ganz nah an die Oma heran. Die legt ihren Arm um das Kind und freut sich, dass es da ist.

Plötzlich, mitten im Satz, springt Luca auf, rast zur Wohnzimmertür, reißt sie auf, knallt sie hinter sich wieder zu und ist verschwunden. Oma Christel staunt und wundert sich. Was mag wohl der Grund für dieses merkwürdige Verhalten sein? Das hat er ja noch nie gemacht. Dabei war er so bei der Sache. Seltsam!

Oma Christel beschließt, gelassen abzuwarten, was als Nächstes kommt. Sie sitzt eine Weile auf dem Sofa und liest so für sich in dem angefangenen Buch weiter. Da öffnet sich die Wohnzimmertür wieder. Luca kommt herein. Er schaut fröhlich, scheint irgendwie erleichtert.

„Na, was war denn los, Luca?“, fragt die Oma.

Der Junge schaut sie verschmitzt an und lächelt:

„Ach, weißt du, ich musste nur mal schnell pupsen!“

Was für ein wohlerzogenes Kind!

Die Lesestunde geht weiter wie vorher. Es wird dunkel draußen. Die Oma bittet den Jungen die Stehlampe für sie anzuknipsen.

„Ich kann gar nicht mehr lesen, was da steht“, sagt sie.

Darauf Luca: „Dann musst du mal zum Seharzt gehen!“

Entspannung

Jeden Freitag ist Oma Hertas Johanna-Tag. Da lässt sie nichts dazwischen kommen, das ist ihr wichtig. Die beiden sind ja auch schon seit vier Jahren ein erfolgreiches Wunsch-Oma-Enkel-Team. Und inzwischen gibt es noch den kleinen Bruder Justus, den seine Oma Herta ebenfalls hingebungsvoll liebt. Der Dreijährige hat ihr sogar versprochen:

„Oma, wenn ich ein Päckchen an Weihnachten übrig hab, das kriegst du!“

Wenn das keine Liebe ist!

Seine Schwester Johanna, sechs Jahre alt, kommt freitags sehr gern zur Oma Herta nach Hause, weil es dort so manches gibt, was sich daheim nicht mehr findet. Da ist zum Beispiel eine Sammlung von alten Kassetten mit Hörspielen drauf, und ein dazu passender Kassettenrekorder. Wer hat denn so etwas heute noch?

Johanna liebt die alten Kassetten. Während Justus mit der Oma im Wohnzimmer spielt, sitzt sie in der Küche, hört die Geschichten an, malt dabei wunderschöne Bilder, kaut manchmal gedankenverloren an ihrem Buntstift, nippt an einem Glas Wasser, knabbert ein paar von diesen kleinen bunten Bonbons, die sie „Sankt Marties“ nennt, und ist ganz ruhig, ganz still, ganz bei sich.

Die Oma meint, sie müsse dem Mädchen noch mehr Abwechslung bieten und fordert sie des Öfteren auf, doch im Wohnzimmer mitzuspielen. Aber Johanna lehnt das entschieden ab. Sie will nichts anderes als Kassetten hören.

„Immer nur das gleiche, Johanna, und das jetzt schon seit Wochen!“, meint Oma Herta, „ist das denn nicht langweilig? Du kennst doch jetzt die Geschichten allmählich auswendig.“

„Oh nein“, das Mädchen schüttelt energisch ihren Blondschopf. „Weißt du, ich bin nämlich kassetten-süchtig!“

Und sie nickt bestätigend in Oma Hertas perplexes Gesicht. Die fragt sich, wo das Kind denn den Ausdruck schon wieder aufgeschnappt hat.

Aber damit noch nicht genug:

„Und übrigens kannst du dir ja gar nicht vorstellen, was im Kindergarten so los ist. Da ist eine Unruhe, alle schreien durcheinander, jeden Tag dieser Trubel! Ich brauch jetzt einfach mal meine Ruhe, sonst krieg ich noch Migräne.“

Das sind unbestreitbare Argumente!

Eine ganz besondere Liebe

Das ist eine ganz besondere Beziehung zwischen dem Johann und seinem Opa.

„Du bist mein bester Freund“, sagt das Kind und schmiegt sich beim Opa an, der es liebevoll streichelt. Er weiß diese besondere Ehre zu schätzen und entwickelt immer neue, kreative Ideen für gemeinsame Erlebnisse. Die beiden mögen es, miteinander zu werkeln und zu basteln oder zu malen. Das kann der Opa nämlich besonders gut, wofür ihn der Junge grenzenlos bewundert.

Eines Tages, als Oma und Opa zufällig gerade zu Besuch bei ihm sind, kommt er ganz aufgeregt aus der Schule, die er seit Kurzem besucht. Unterm Arm schleppt er eine große Schachtel herein, was beim Betrachter den Gedanken aufkommen lässt:

Wo will die Schachtel mit dem Kind hin?

Darin befindet sich ein Spiel, das dem Jungen in der Schule wohl gut gefallen hat. Und da ist ihm eine Idee gekommen: Der Opa, wenn er nun schon mal da ist, soll den Spielplan abzeichnen und auf große Pappstücke übertragen, die er selbst dann bunt ausmalen könnte. Dann hätte er das Spiel auch zu Hause. Er hat also die Lehrerin gefragt, ob er es mal ausleihen darf für diese „Raubkopie“.

Der Opa muss schlucken und tief durchatmen, denn er sieht sich einer gewaltigen Aufgabe gegenüber. Der Spielplan zeigt einen Urwald mit einem Gewirr von Palmen, einen

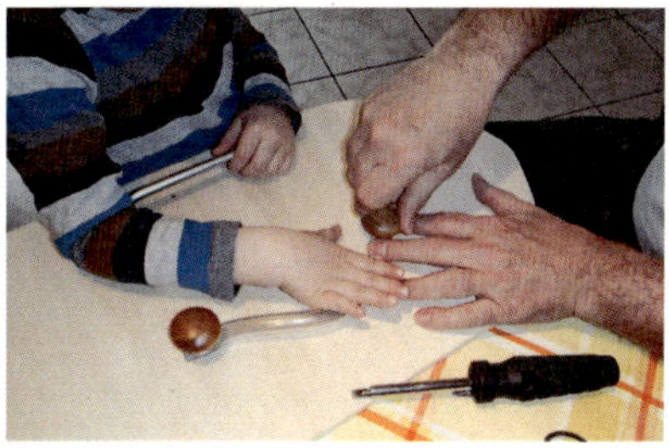

Strand und das Meer und Schiffe mit Piraten. Zuerst will er ablehnen und sagen, er könne das nicht zeichnen. Aber der Johann ist davon überzeugt, dass nur einer diese Aufgabe bewältigen kann, nämlich sein Opa.

Also machen sich die Zwei ans Werk. Und es wird ein großes Projekt, das viel Zeit beansprucht. Die Teile des Spielplans werden auf vier große Pappen übertragen. Der Opa zeichnet aus der Hand. Der Junge, dessen größte Stärke im Allgemeinen leider nicht die Geduld ist, sitzt bei seinem Opa auf dem Schoß und begutachtet jeden Bleistiftstrich mit Kennermine und erstaunlicher Ausdauer. Sobald eine Pappe fertig ist, macht er sich ans Ausmalen mit Buntstiften, und er gibt sich große Mühe.

Seit ein paar Stunden sind die beiden schon beschäftigt, da kommt der Papa von der Arbeit nach Hause. Er staunt über die emsigen Aktivitäten am Familientisch und will wissen, was denn da geschieht. Johann erklärt es ihm, und der Papa sagt erfreut und auch ein bisschen stolz:

„Ja, da ist unser Johann immer sehr erfinderisch!“

Darauf antwortet das Kind mit einem verschmitzten Lächeln und im Brustton der Überzeugung:

„Und der Opa ist malerisch!“

Winterfreuden

Im Winter ist es bei Oma und Opa am schönsten. Da liegt Schnee und gleich neben dem Haus ist ein steiler Hügel, den man super mit dem Bob heruntersausen kann. Alle Kinder des Dorfes treffen sich dort, es wimmelt von dick vermummten Kindern mit den verschiedensten bunten Sportgeräten. Und manchmal fahren der Opa und die Oma auf dem Holzschlitten auch mit und müssen dabei so lachen, dass sie fast herunter fallen. Aus der Bahn ...!

Nachmittags wird es schon früh dunkel. Dann werden die Kerzen und Lichter rund ums Haus angezündet, damit sich späte Besucher auch zurechtfinden können. Einmal hat der Opa eine gute Idee. Er macht mit dem vierjährigen Johann eine Nachtwanderung – mit Taschenlampe. Das ist das Höchste!

Schnell ziehen wir den Schneeanzug und die Stiefel an, die Mütze aufgesetzt, den Schal umgewickelt, nun noch die Handschuhe – und die Taschenlampe natürlich! Ist der Opa fertig? Beeil dich, mach schnell! Bald schon stapfen die beiden los. Die Taschenlampen werfen ihre Lichtkegel auf den glitzernden Schnee und die beiden Wanderer halten sich ganz fest an der Hand, damit der Opa keine Angst haben muss.

Einen Stock suchen sie sich unterwegs, um wehrhaft den Wintergeistern entgegen treten zu können, die sich im Wald hinter Büschen und Bäumen verstecken, wie man weiß.

„Da, Opa, siehst du das? Da war gerade ein Schatten, der ist hinter den dicken Baum dort geflitzt! Ob das ein Wintergeist war?“

Johann schmiegt sich eng an den Opa und ergreift seine Hand.

„Ich glaube, das war nur der Schatten von deiner Taschenlampe. Aber fass mich fest an, mein kleiner Freund! Wenn wir beide zusammenhalten, kann uns nichts passieren!“

Es ist schon recht gruselig im Wald. Das kleine Herzchen pocht. Der Atem weht in weißen Fahnen durch die kalte Luft. Sie müssen tüchtig stapfen, denn der Schnee liegt hoch. Da ist jeder Schritt eine Anstrengung. Eine schwere Schneelast ruht auf den Bäumen. Wenn sie mit ihren Lampen ringsherum leuchten, sieht das aus wie dicke, glitzernde Wattebäusche. Am Himmel steht der Vollmond und mit ihm ein unendliches Meer von Sternen. Und still ist es, ganz ungewohnt still. Da wird den

beiden Nachtwanderern ganz andächtig zumute und sie flüstern von jetzt an. Sie bleiben lange fort. Die Oma wird schon ungeduldig und beginnt, sich Sorgen zu machen. Da hört sie ein Trampeln und Stampfen vor der Tür. Endlich!

Knallrote Bäckchen, leuchtende Augen und ein strahlendes Lächeln im Gesicht, steht Johann auf der Fußmatte und schüttelt den Schnee von den Stiefeln. Er bringt einen Schwall kalter Winterluft mit herein und kann vor Begeisterung nicht mehr an sich halten:

„Oma, Oma, denk dir: Wir haben Weihnachtsbäume befreit!"

„Was? ... Ja, wie geht denn das?"

Das Kind erklärt und begleitet seine Worte mit entsprechenden Bewegungen:

„Stell dir vor, da war sooo viel Schnee auf den kleinen Bäumchen, dass ihre Ärmchen ganz traurig herunterhingen. Da hab ich mit einem Stock gegen den Stamm geschlagen, dann fiel der Schnee runter und da konnten sie ihre Ärmchen wieder so hoch halten. War das nicht gut, Oma?"

Die Oma ist beeindruckt. So geht das also! An diesem Abend wird noch bis zur Bettzeit weiter aufgeregt geschwärmt von der Nachtwanderung, den Wintergeistern, und von den niedlichen, kleinen Weihnachtsbäumchen.

Weihnachtsüberraschungen

Der fünfjährige Emil ist schon ganz aufgeregt: Heute kommt die Oma Wally aus Grabenstätt in Oberbayern hierher nach Berlin, wo der Emil mit seinen Eltern wohnt. Sie wollen zusammen Weihnachten feiern. Emils Mama ist Oma Wallys Tochter. Sie holen die Oma vom Flughafen ab und fahren nach Hause. In der schönen Altbauwohnung mit den hohen Räumen ist es gemütlich. Der Kachelofen strahlt Wärme ab, Weihnachtsschmuck glitzert und leuchtet, die Hektik und Betriebsamkeit der Stadt bleibt draußen. Sie zünden Adventskerzen an, trinken heißen Tee und naschen ein paar Weihnachtsplätzchen, die Emil mit der Mama gebacken hat. Es wird erzählt und gelacht, und es werden Pläne für das kommende Fest geschmiedet.

„Also“, sagt die Mama, „an Heiligabend stellen wir morgens miteinander den Baum auf, und der Emil darf beim Schmücken helfen.“

„Oh prima“, freut sich der Junge, „da muss ich aber wieder den Landeplatz für das Christkind einbauen!“

Das ist ein Metallstern, den er waagerecht auf den Zweigen des Christbaums befestigt, damit das heilige Kind darauf sicher landen kann. Offenbar kommt es mit dem Hubschrauber. Davon ist der Emil schon lange überzeugt, denn wie sonst könnte es alle Kinder an Heiligabend besuchen und ihnen Geschenke bringen?

„Ich hab auch für euch alle Geschenke gebastelt“, berichtet

treuherzig das Kind und blickt stolz in die Runde. „Aber ich verrate nicht, was es ist. Die hab ich gut versteckt."

Die Erwachsenen nehmen das schmunzelnd zur Kenntnis und bestätigen, wie klug und weitblickend der Emil doch schon handelt. Er ist halt ein Großer.

Die Mama fährt fort: „Dann um 15 Uhr gehst du, Oma Wally, mit dem Emil und dem Papa in die Kirche."

„Und was machst du?", will das Kind wissen.

„Ich bleibe daheim und koche unser Festessen. Und ich warte natürlich auf das Christkind und mache das Fenster auf, damit es herein kommen kann."

Ein eindringlicher, bedeutungsvoller Blick geht von der Mama in Richtung Oma, die verständnisvoll nickt.

Der Heilige Abend kommt heran. Morgens schmücken Emil und sein Papa gemeinsam den Weihnachtsbaum. Allmählich steigt die Spannung. Emil ist am Nachmittag für den Kirchgang hergerichtet und angezogen. Da fragt die Mama ihn beim Hinausgehen: „Sag mal, Emil, willst du nicht deine Geschenke schon mal schnell unter den Baum legen?"

„Nein, nein", sagt der Junge, „nicht nötig. Das Christkind weiß schon, wo ich sie versteckt habe!"

Die Mama schluckt, schaut etwas ratlos und raunt dem Papa im Hinausgehen zu:

„Hast du eine Idee, wo seine Geschenke sein könnten?"

Der Vater zuckt mit den Schultern und flüstert zurück:

„Keine Ahnung! Was er sich da wieder ausgedacht hat! Schau mal in allen seinen Schränken und unterm Bett nach. Bis später – und viel Glück!"

Sobald sie die Tür hinter dem Papa geschlossen hat, beginnt Mama hektisch im Kinderzimmer zu suchen: in den Schränken, hinter dem Schreibtisch, im Bettkasten unter dem Bett, im Bücherregal ganz oben, in der Sporttasche, in der Lego-Kiste, in der Schachtel mit den Malsachen – nichts.

Daneben soll sie auch noch das Essen vorbereiten, den Tisch festlich decken und natürlich die eigenen Geschenke unter dem Christbaum arrangieren. Sie spürt, wie sie nervös und flatterig wird, denn sie hat für all das höchstens anderthalb Stunden Zeit. Wo sind nur Emils Geschenke?

In der Küche bleibt die Mutter einen Augenblick still stehen und konzentriert ihre durcheinander wirbelnden Gedanken. Das Wichtigste zuerst! Es gibt heute Abend Kartoffelgratin. Das dauert seine Zeit im Backofen, also hat das Vorrang. Dazu braucht sie die große Auflaufform und die steht mit anderen Sachen, die man nicht so oft benötigt, in einem besonderen Abteil, das durch das Abhängen der Zimmerdecke im Flur entstanden ist.

Die Mutter muss die Leiter holen, um den Hängeboden zu erreichen. Sie klettert hinauf und schiebt den Vorhang beiseite. Da – ja was ist denn das? In der Mitte der großen Auflaufform liegen einige in Weihnachtspapier gehüllte Päckchen! In ungelenker Kinderschrift steht darauf: „Papa", „Oma Wally", „Mama". Gott sei Dank! Die Mutter stößt einen tiefen Seufzer aus und beeilt sich, Emils Geschenke unter den Weihnachtsbaum zu legen.

Erleichtert geht sie dann ihren anderen Arbeiten nach und summt dabei sogar „Oh du fröhliche …" Als sie auf der Treppe

Schritte hört, legt sie die Kochschürze beiseite und öffnet ihren Lieben entspannt lächelnd die Tür. Emil stürzt herein:

„War das Christkind schon da?“

„Muss wohl“, bekommt er zur Antwort, „die Wohnzimmertür ist zugesperrt.“

Und wirklich! Als Emil an die Klinke fasst, kann er die Tür nicht öffnen. Vor Aufregung hüpft er von einem Bein auf das andere. In der ganzen Wohnung duftet es nach gutem Essen, aber der Junge nimmt das gar nicht wahr. Wann ist endlich Bescherung? Und wo ist die Oma Wally? Da – ein Glöckchen ertönt!

Plötzlich kann er wie durch ein Wunder die Wohnzimmertür doch öffnen. Gefolgt von seinen Eltern tritt der Junge ein. Die Kerzen am Christbaum glänzen festlich und verzaubern den Raum mit ihrem warmen Licht. Da ist ja auch die Oma wieder! Emil geht vor dem Baum in die Hocke und staunt über die vielen Päckchen, die er dort findet.

Er richtet sich auf, stemmt die Hände in die Seiten und erklärt im Brustton der Überzeugung: „Seht ihr, da liegen ja auch meine Geschenke. Hab ich’s doch gewusst, dass das Christkind weiß, wo sie versteckt sind!“

Geheimnis des Glaubens!

Als Emil in den Sommerferien einmal die Oma Wally in Grabenstätt besucht, unternehmen sie ganz viel miteinander. Sie wandern die hohen Berge hinauf, gehen zum Minigolfspielen, schwimmen im Chiemsee und radeln durch die blühende Landschaft. Eines Abends sagt der Emil, Bewunderung im Blick:

„Du bist die fitteste Oma, die ich kenne!"

Das tut gut! Oma Wally wird es vor Freude ganz warm ums Herz. Da hört sie den Emil fragen:

„Sag mal, Oma Wally, willst du eigentlich auch mal Uroma werden?"

„Ja, schon gern", muss sie nicht lange überlegen. „Aber das liegt ja nun nicht an mir."

Darauf macht sich der Emil ganz groß, wirft sich in die Brust und mit ernsthaftem Gesichtsausdruck verspricht er feierlich:

„Ich werde mein Bestes geben!"

Alterserscheinungen

Emma und Ida sind bei ihrer Wunsch-Oma, wie jede Woche einmal. Gerade sind sie von einem Besuch bei ihrem richtigen Opa zurückgekommen, der weiter weg wohnt.

Die Wunsch-Oma fragt: „Na, wie war es denn bei eurem Opa?"

Die Mädchen äußern sich verhalten positiv. „Hm, ja, schön!"

Die Wunsch-Oma wird ein bisschen neugierig und möchte mehr wissen. Im Gespräch stellt sich heraus, dass der Opa wenig auf die Wünsche der Enkelinnen eingegangen ist – wo sie doch extra die lange Reise zu ihm unternommen haben! Nun vermutet die Wunsch-Oma, dass der Opa vielleicht nicht mehr so belastbar ist und fragt: „Wie alt ist denn euer Opa?"

„Ach", sagt Ida mit einer wegwerfenden Handbewegung, „der wird immer älter und älter!"

Emma ergänzt: „Aber ausgewachsen ist er schon!"

Und auf den ratlosen Blick der Wunsch-Oma hin, fügt sie noch erklärend an: „Ausgewachsen, so wie du!"

„Ja", setzt ihre Schwester nach, nickt eifrig und betont jedes Wort: *„Und – - – er – schrumpft!"*

Da kann man nichts machen.

Ordnung muss sein

Oma Uta hat ihre vier Wunschenkel zu Besuch. Da geht es hoch her: Es wird pausenlos erzählt, und alle reden so viel durcheinander, dass der Oma schon die Ohren brausen. Dann wird eifrig gemalt. Jedem Kind druckt die Oma mit dem Computer eine Vorlage aus. Da gibt es leichte und kompliziertere, für jedes Alter etwas Passendes.

Zur Abwechslung liest die Oma eine schöne Geschichte vor. Alle, auch die Großen, sitzen auf dem Boden um sie herum, werden still und lauschen gebannt. Der kleine Nico ist erst vier. Ihn hält seine große Schwester liebevoll im Arm. Die ist schon zwölf und hat ihren Bruder sehr gern.

Kurzum, es ist gemütlich heute bei Oma Uta und die Kinder genießen das.

Als die Geschichte ausgelesen ist, schaut Oma Uta in die Runde und fragt:

„Wer von euch hat denn so richtig Hunger? Ich könnte euch etwas Obst anbieten."

Alle springen auf und rufen begeistert durcheinander. Sie folgen der Oma in die Küche und suchen sich ein Stück Obst aus. Nina, sechs Jahre, wählt eine Banane und geht damit ins Wohnzimmer, während die Oma für den Kleinsten noch einen Apfel schält und in Stücke schneidet.

Als sie dann aus der Küche kommt, findet sie auf der wertvollen alten Kommode, die noch von Omas Oma stammt, eine Bananenschale liegen, und zwar mit der feuchten Seite

auf dem hochglänzend polierten Holz. Oma Uta holt tief Luft. Gerade da stürmt Nina vorbei und will das Mensch-ärgere-dich-nicht-Spiel aus dem Nebenzimmer holen.

Oma Uta hält sie am Arm fest und fragt:

„Was macht denn deine Bananenschale da auf der Kommode?“ Ironisch setzt sie hinzu: „Bananenschalen auf der Kommode, na, das hab ich ja besonders gern!“

Nina stutzt, hält kurz inne und bevor sie weiterläuft, klingt ihre Stimme erleichtert:

„Dann ist es ja gut!“

Da muss die Oma schon ein bisschen schmunzeln.

Das Zauberwort

Sven ist Oma Silvias kleiner Enkel. Sie hat ihn herzlich gern. Einmal die Woche kommt er sie besuchen. Heute hat er wieder die fesche karierte Hose an, die der Oma so gut gefällt, und die seinen kleinen, rundlichen Körper noch kompakter aussehen lässt. Ein roter Pullover unterstreicht seine frische Gesichtsfarbe. Die großen Augen, die aufmerksam und ernsthaft in die Welt schauen, werden von einer kreisrunden Brille noch vergrößert. Das gibt dem fünfjährigen Jungen einen fast schon erwachsenen Gesichtsausdruck. Dass der kleine Sven ein bisschen mit der Zunge anstößt und lispelt, macht ihn in den Augen derer, die ihn lieb haben, noch niedlicher.

Sven ist ein Einzelkind. Seine Eltern sind bereit, alles für ihren Sohn zu tun, denn sie wissen, mehr Kinder werden sie leider nicht bekommen können. So erfüllen sie ihm, dem Kostbarsten, was sie haben, jeden Wunsch und stellen ihn in den Mittelpunkt ihres Lebens. Wer wollte es ihnen verdenken? Wenn Sven also Wünsche äußert, dauert es nicht lange und er sieht sie erfüllt, ganz selbstverständlich und ohne Diskussionen. Und so erwartet es der kleine Mann mittlerweile auch.

Das gefällt nun der Oma nicht so gut. Sie ist der Ansicht, das Kind müsse lernen, auch einmal zu warten und vor allem, die Hilfeleistungen der Erwachsenen wertzuschätzen. So ist sie dazu übergegangen ein Ritual einzufordern, wenn Sven etwas haben will. Sie hat ihm die Zauberworte „Bitte" und „Danke" erklärt und ermahnt ihn regelmäßig, sie auch zu verwenden. Das klappt leider noch nicht besonders gut.

An diesem Oma-Tag nun, nachdem er zunächst ausgiebig mit seinen Lego-Steinen gespielt hat, bekommt Sven Durst.

„Ich will Saft", fordert er.

Die Oma hat sich geschworen, sie reagiert auf solche Äußerungen nicht mehr. Sie schält weiter ihre Kartoffeln für's Mittagessen.

„Ich will Sa-haft!", ruft Sven, jetzt schon eine Stufe lauter.

Erstaunt blickt er zur Oma hinüber, die wieder so tut, als hätte sie nichts gehört.

Sven wendet sich zunächst verunsichert seinen Lego-Steinen zu, nimmt den einen in die Hand, legt ihn wieder beiseite, ein wenig fahrig. Schließlich holt er tief Luft und, entschlossen sich Gehör zu verschaffen, ruft mit effektvoller Dehnung des „a": „Oma, ich will Sa-haaaaaft!"

Nun hält es die Oma für an der Zeit, pädagogisch auf das Kind einzuwirken.

„Du kannst sofort Saft bekommen, mein Schatz, aber zuerst sag mir das Zauberwort!"

Sven runzelt die Stirn, seine Brille rutscht ihm eine wenig von der Nase, er schiebt sie wieder hoch, indem er auf die Gläser fasst. Er versucht sich zu erinnern: Zauberwort? Was war das noch? Aaah, da fällt es ihm ein! Mit leuchtenden Augen und seinem liebenswerten kleinen Lispeln sagt er strahlend: *„Simsalabim!"*

Mitgefühl entwickeln

Der Anton ist zu Besuch bei der Oma. Er wird bald vier Jahre und ist an Menschen und Ereignissen äußerst interessiert.

Im Nachbarhaus wurde vor einem Jahr der plötzliche Tod des Großvaters betrauert, was den Jungen damals tief beeindruckte und noch immer stark beschäftigt.

Nun gibt es seit ein paar Monaten dort ein Baby, die kleine Mia. Das ist ein faszinierendes Studienobjekt. Die winzigen Händchen, die Füßchen, und wie sie den Anton immer anlächelt, wenn sie da so in ihrer Vogelnest-Schaukel liegt und von ihrer Mama sanft angeschoben wird. Der Bub kann sich gar nicht satt sehen an dieser kleinen Portion Mensch.

Er singt dem Baby etwas vor, das Lied vom kleinen Hänschen. Das Baby jauchzt, gurgelt und gluckst. Der kleine Sänger denkt sich immer neue Lieder aus und bringt sein gesamtes Repertoire zu Gehör. Mit seiner Oma singt er ganz oft alte und neue Kinderlieder.

„Sing mit“, fordert er Mias Oma auf, die inzwischen dazugekommen ist.

Die Baby-Oma lacht:

„Besser nicht, Anton. Ich kann gar nicht singen.“

Der Junge schaut verwirrt und mit großen Augen eine Weile die andere Oma an, wendet sich dann aber wieder der Schaukel und dem Baby zu. Bald jedoch muss die kleine Mia ins Haus, zum Essen, und dann ins Bettchen zum Schlafen. Die Mama nimmt sie liebevoll hoch, Anton verabschiedet sich von seiner neuen Freundin und läuft zur eigenen Oma in die Küche.

Während des Mittagessens ist er sehr nachdenklich.

„Du Oma! Das Baby ist richtig arm.“

„Wie meinst du das, mein Schatz?“

„Ach Oma!“, seufzt er.

Er legt die Stirn in sorgenvolle Falten. Die Stimme klagt. Er legt seine warme, kleine Hand auf den Unterarm der Oma, schaut ihr eindringlich ins Gesicht und es bricht höchst theatralisch aus ihm hervor: „Die Mia ist ganz arm, … so, so, so arm!“

„Aber warum denn nur?“, fragt die Oma.

„Na, weil sie keinen Opa mehr hat. Der ist doch tot. Uh-hund …“, mit diesem zweisilbig gesprochenen Wort, dem hoch erhobenen Zeigefinger und einer verhaltenen Pause bereitet er die Quintessenz vor:

„Uh-hund … sie hat eine Oma, die nicht singen kann!“

Na, da hat er wohl Recht.

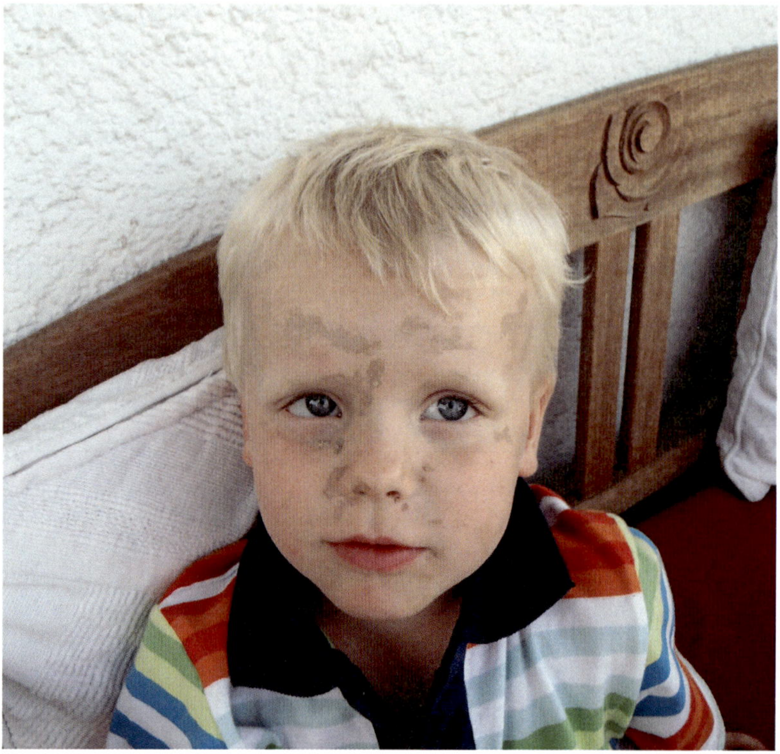

Reinlichkeit

Anton darf bei der Oma übernachten. Beim Abendbrot hat es Würstchen mit Ketchup gegeben. Man sieht es dem kleinen Kerl noch an: Gut hat's geschmeckt und rote Tupfer hat er im Gesicht, bis hinauf zur Nasenspitze.

Nun ist es Zeit für's Bett. Es ist schon spät, denn wir haben uns beim Essen verplaudert. Also heute mal nicht duschen. Den Schlafanzug anziehen, Zähne putzen, das alles ist Routine. Die Hände werden mit viel Flüssigseife gewaschen, denn es macht solchen Spaß, das klebrige Zeugs aus dem Spender herauszudrücken.

Die Oma schaut dem Jungen noch einmal kritisch ins Gesicht. Da finden sich noch Ketchup-Reste. Also nimmt sie einen Waschlappen her, feuchtet ihn an und beginnt Antons Gesicht damit zu bearbeiten. Der dreht den Kopf weg und sperrt sich gegen diese Sonderbehandlung.

„Urgh!", protestiert er. „Das macht meine Mama nie! Das bin ich nicht gewöhnt."

„Ist gleich vorbei", sagt die Oma. „Nur noch einmal drüber, dann trocknen wir das Gesicht ab."

„Bäh", sagt der Anton. „So mit dem Waschlappen, das mag ich gar nicht – das ist schlimmer als tot sein!"

Man muss sich nur zu helfen wissen

Johann ist fünf Jahre alt. Er hat jetzt verstanden, wie man Häuser malt: erst den Fußboden, dann die Wände, die Zimmerdecke, das schräge Dach. Das Haus bekommt eine abgerundete Tür mit Knauf und eine Reihe Fenster darüber. Fehlt noch ein Schornstein, aus dem es qualmt. Er gibt sich richtig Mühe, hat rote Bäckchen und konzentriert sich gewaltig, und das eine ganze Weile.

Die Oma schaut ihm über die Schulter und gibt noch ein paar Tipps.

„Malst du noch einen Garten dazu? Hier schau, ich helfe dir und mache dir einen Baum."

Er lässt sich überreden und setzt ein Viereck neben das Haus. Das malt er grün an.

„Das ist die Wiese, Oma, siehst du?"

Nun lässt seine Malfreude jedoch schon merklich nach. Er strebt vom Tisch weg und möchte sich anderen Dingen zuwenden.

„Wunderschön!", sagt die Oma und will ihn noch ein Weilchen bei der angefangenen Aufgabe halten. „Wachsen dort denn auch Blumen?"

„Ja, aber die sind gerade erst gesät. Die blühen noch nicht."

Spricht's und macht sich gleich flugs davon, auf zu neuen Herausforderungen.

Konsequenzen

Heute hat der Anton intensiv gespielt. Man sieht's! Überall liegen seine Sachen herum: Bücher, Bauklötze, Stofftiere, Bälle in verschiedenen Größen. Es wird schon fast ein Hindernislauf, wenn Oma oder Opa von der Küche ins Bad gehen wollen. Draußen wird es langsam dunkel, Zeit zum Aufräumen. Der Opa richtet schon das Abendbrot her.

Aber das böse Wort mit „a"… mag der Anton gar nicht hören. Er will nicht aufräumen, er hat keine Lust dazu, ja, er kann es gar nicht, das ist ja viel zu viel für ein einzelnes Kind!

„Aber Anton", sagt die Oma, „ich habe doch die Sachen nicht benutzt! Das warst doch du. Dann musst du sie auch wegräumen."

„Aber Oma", stöhnt Anton, „das ist so unfair! Ich bin doch sooo müde!"

Um das zu beweisen, legt er sich schlaff und kraftlos auf den Fußboden und schließt die Augen.

„Kannst du mir nicht helfen, Oma?", fragt er nach einer kleinen Weile.

„Ach weißt du, Anton, ich bin doch schon alt und kann mich nicht mehr so gut bücken wie du. Du schaffst das bestimmt viel schneller als ich."

„Nein, Oma, weil – ich kann das gar nicht. Ich habe das nicht gelernt. Da kann man nichts machen."

Ein treuherziger Blick und dazu diese Handbewegung – Handflächen nach oben – signalisieren Unfähigkeit.

„Na, dann muss ich dich mal in eine Kindertagesstätte schicken, damit du es lernst."

Da blitzt es zornig aus seinen Augen hervor:

„Und dann muss ich dich mal auf den Friedhof schicken oder ins Altersheim!"

Das hat gesessen!

Nachwort

Wunschgroßeltern im Landkreis Traunstein

Seit fast sieben Jahren leite ich in Traunstein das Projekt der Wunschgroßeltern-Vermittlung. Und das kam so: Meine beiden erwachsenen Kinder wohnen sehr weit weg von hier. Eigene Enkel kamen zunächst nicht. Mein größter Wunsch war es aber, ein Kind beim Aufwachsen begleiten zu dürfen. So übernahm ich zunächst Babysitter-Dienste bei Andi, wenn seine Eltern dienstags zur Chorprobe gingen.

Daraus entstand allmählich die Idee, dass andere Senioren vielleicht auch in einer ähnlichen Situation sein und Interesse daran haben könnten, diese Freude zu spüren, die einen ganz ausfüllt, wenn sich eine kleine Hand in die eigene schmiegt und strahlende Augen treuherzig blicken.

Kaum hatte ich begonnen, mich um die Kinder anderer Familien zu bemühen, als mir dann doch noch eigene Enkel beschert wurden: vier insgesamt, aber leider alle ziemlich weit weg. Zum Glück gewöhnten sich unsere beiden Jungen, Johann und Anton, so gut an uns Großeltern, dass wir sie im Wechsel jeden Monat für eine Woche zu uns nehmen konnten, zumindest so lange, bis sie in die Schule kamen. Das war das pure Glück!

Ich bot mein Konzept dem Diakonischen Werk e.V. Traunstein an, und fühle mich seitdem in dieser Organisation sehr gut aufgehoben. Dafür bin ich von Herzen dankbar!

Mittlerweile ist die Zahl der Vermittlungen schon auf fast dreißig angewachsen.

In den vergangenen Jahren haben mir die Wunsch-Omas immer wieder lustige oder nachdenkenswerte Erlebnisse mit ihren Kindern erzählt. Die wollte ich nicht in Vergessenheit geraten lassen und habe sie deshalb aufgeschrieben. Ich danke meinen Mitstreiterinnen für ihre Beiträge!

Das vorliegende Büchlein legt beredt Zeugnis davon ab, wie Kinder die Welt sehen: geradlinig, unmittelbar, in ihrer eigenen Logik, mit Vertrauen in die Erwachsenen und mit Liebe im Herzen. Oma zu sein ist ein Geschenk, und wir sind alle dankbar für die Bereicherung, die unser Leben durch die Kinder erfährt.

Als junge Eltern muss man den Alltag stemmen, für sich und die eigenen Kinder. Den größten Teil des Tages verbringt man in der Arbeit und für die Kinder ist meist nur am Wochenende und im Urlaub Zeit. Aber wenn man in Rente ist, ist es wunderbar, wenn man den Enkelkindern beim Aufwachsen zusehen kann und darf. Das ist das Allerschönste! *Annette Köhler*

Monatliches Treffen

Eine Wunschoma erzählt

Seit ungefähr drei Jahren bin ich Wunschoma und das ist das Beste, was mir passieren konnte, nachdem ich in Rente gegangen bin. Es ist doch so wichtig, dass man eine Aufgabe hat und gebraucht wird!

Ich betreue zwei Kinder, einen Jungen von zwei Jahren und ein Mädchen von fünf Jahren. Zuerst war es nur Johanna, aber bald kam ihr kleiner Bruder Justus nach, vielleicht weil die Eltern sahen, wie gut es mit uns klappt. Ich habe die Kinder immer freitags, manchmal bei ihnen zu Hause, manchmal aber auch in meiner Wohnung. Da können sich die Eltern auch mal etwas vornehmen. Die Mama geht vielleicht zum Frisör, oder beide machen den Wocheneinkauf, oder sie gehen einfach nur mal miteinander in die Stadt, einen Kaffee trinken. Wenn ich komme, werde ich von Johanna und Justus stürmisch begrüßt. Sie warten schon immer ungeduldig auf mich. Da geht mir das Herz auf. Mit den Kindern mache ich Spaziergänge, bastle oder male mit ihnen oder lese ihnen etwas vor. Das ist nicht ganz einfach, weil der Altersunterschied ja verschiedene Interessen mit sich bringt, aber mir fällt immer etwas ein. Die fröhlichen Gesichter der Kinder und die vielen, kleinen, vertrauensvollen Gesten sind meine Belohnung.

Die Eltern bestehen darauf, dass ich freitags immer mit der Familie Abendbrot esse. Auch bei allen Geburtstagen und an Weihnachten bin ich dabei. Ich fühle mich zugehörig, ein echtes Familienmitglied. Wir verstehen uns gut und sind uns über die Erziehung der Kinder einig. Oft bekomme ich zu hören, wie gut es ist, dass es mich gibt. Auch meine eigenen Kinder und meine Wunschfamilie haben einen guten Draht zueinander.

Einmal im Monat treffen wir Wunschgroßeltern uns in der „Murmel“ in Traunstein. Da können wir alles besprechen, was uns auf dem Herzen liegt. Wir können Fragen stellen und

miteinander über Lösungen für eventuelle Probleme nachdenken. Natürlich herrscht Schweigepflicht über alles, was besprochen wird.

Die Gruppe der Wunschgroßeltern ist wirklich nett. Ich habe dort auch schon einige Freundinnen gefunden, mit denen ich manchmal etwas unternehme. Als Gruppe treffen wir uns außerdem auch regelmäßig nach dem monatlichen Treffen im Café Intreff zu einem Stammtisch. Das ist immer recht lustig. Oder wir gehen miteinander zum Wandern. An Weihnachten gibt es einen Kochkurs, bei dem wir etwas über gesunde Ernährung für Kinder erfahren und ganz nebenbei unser Weihnachtsessen selbst kochen. Das macht Spaß und verbindet uns.

Natürlich werden wir nicht ohne gewisse Vorleistungen mit einer so verantwortungsvollen Aufgabe betraut. Zum einen müssen wir alle ein Erweitertes Polizeiliches Führungszeugnis beibringen. Dann gibt es noch drei für uns kostenlose Fortbildungen jedes Jahr, die uns bei unserer Tätigkeit helfen. „Erste Hilfe“ ist eine davon. Auch sonst wird uns manche interessante Anregung mitgegeben, zum Beispiel wie man Geschichten erzählt oder welche Spiele für drinnen geeignet sind.

Wunschoma zu sein hat mein Leben bereichert, und ich kann es nur jedem empfehlen! Wer sich dafür interessiert, melde sich beim Diakonischen Werk in Traunstein unter 0861-98 980 oder Sie informieren sich unter www.wunschgrosseltern-ts.de. Die Nachfrage von Familien ist groß.

Herta Heinemann